CHILDREN OF THE WHALES

11

Abi Umeda

whale calves sing on the debris.

MILKY WAY EDICIONES

HABITANTES DE LA BALLENA DE ARCILLA

Ôni
(Marcado, 16 años)

El más poderoso y hábil usando la *saimia*. Ha barrido fácilmente a los soldados de Amonlogia con los nuevos poderes que están despertando en él.

Lycos
(Marcada, 14 años)

Joven hallada por los habitantes de la Ballena en una fortaleza en ruinas. Se ha adentrado sola en Amonlogia. Acaba de enfrentarse a la Escuadra Insectario.

Chakuro
(Marcado, 14 años)

Un chico que trabaja como archivista de la Ballena de Arcilla. Forma parte del grupo de marcados que ha penetrado en Amonlogia para rescatar a los rehenes.

Ginshu
(Marcada, 16 años)

Participa con Chakuro y los otros marcados en la operación de rescate.

Shuan
(Marcado, 25 años)

Anterior comandante de la guardia. Es arrestado junto con el resto de los no marcados.

Suô
(No marcado, 17 años)

El capitán de la Ballena de Arcilla. Al fracasar las negociaciones con el duque de Amonlogia, es encarcelado con el resto de la delegación.

Amonlogia

Dactyla

Duque de Amonlogia y padre de Rochalízo. Toma como rehenes a Suô y el resto de la delegación para obligar a los marcados a combatir como soldados del Reino de Siderasia.

Amonlogia

Rochalízo
(17 años)

Acompaña a Orka en la invasión de Amonlogia. No soporta a los miembros de la Escuadra Insectario, los protegidos de Orka.

Imperio

Orka

Alto oficial del Imperio y hermano de Lycos. Ahora mismo se encuentra al mando del imponente barco que ataca Amonlogia.

LÉXICO DEL MAR DE ARENA

Ballena de Arcilla	Una nave isla que surca el mar de arena. En ella viven los descendientes de los deportados por el Imperio, castigados a vivir aislados del mundo exterior por negarse a renunciar a sus emociones.
Saimia	Poder psicoquinético cuya fuente son las emociones. En la Ballena de Arcilla, la fuente no son las emociones, sino la vida de los marcados.
Marcados	El 90% de la población de la Ballena que puede utilizar la *saimia*, aunque dicho poder conlleva una muerte prematura.
No marcados	No pueden utilizar la *saimia* y, al contrario que los marcados, viven una larga vida.
Nous	Criaturas especiales que se alimentan de emociones humanas y, a cambio, confieren el poder de la *saimia*.
Nous Phallaina	*Nous* que habita en las Entrañas, una zona profunda de la Ballena de Arcilla. Es distinto al resto de sus congéneres, pues no se alimenta de emociones, sino que absorbe la vida de los habitantes de la isla.
Imperio	Poderosa nación que carece de nombre y controla a sus habitantes vaciándolos de emociones utilizando los *nous*.
Daímonas	Seres mitológicos de los que hablan las leyendas del Imperio. Se dice que solo ellos ostentan el poder capaz de destruir a los *nous*. Hay indicios de que Ôni puede ser uno de ellos.

CRÓNICAS DE LA BALLENA DE ARCILLA Y EL MAR DE ARENA

Año 93 de las Arenas.

La nave isla Ballena de Arcilla viaja a la deriva por un infinito mar de arena. En ella viven unas 500 personas que lo ignoran todo sobre el mundo exterior. En este mundo insular, la vida transcurre pacíficamente hasta que irrumpen las tropas del Imperio.

La Ballena de Arcilla llega a Amonlogia, el ducado perteneciente al Reino Unido de Siderasia, en busca de la protección que prometió Rochalízo, el hijo del duque Dactyla, pero este, lejos de ayudarlos, los toma como rehenes para obligar a los marcados a participar en la guerra contra el Imperio. Chakuro y otros marcados deciden ofrecerse voluntarios para salvar a los prisioneros, pero la Karcharías, nave imperial capitaneada por Orka, irrumpe en escena y ataca Amonlogia. Atravesando el torbellino de cañonazos, unos emisarios de Amonlogia llegan a la Ballena y ordenan que la isla dé caza a la nave invasora. Chakuro y sus compañeros se infiltran en la ciudad con un doble objetivo: rescatar a los no marcados antes de que lleguen las tropas imperiales y evitar que la Ballena se enfrente al temible barco de guerra.

Esta isla era todo nuestro mundo.

Índice

Publicado originalmente en la revista *Mystery Bonita*
entre agosto y diciembre de 2017

Cap. 44:
La señal del dios
de la muerte

26 DE
NOVIEMBRE
DEL AÑO 93 DE
LAS ARENAS.

HABÍAMOS PENETRADO EN LA CIUDAD FORTIFICADA PARA RESCATAR A LOS 38 NO MARCADOS...
...QUE EL DUQUE DACTYLA HABÍA TOMADO COMO REHENES...
...PERO YO NO PODÍA APARTAR LA MIRADA...
...DE AQUEL HOMBRE QUE ATRAVESABA LAS CALLES DE AMONLOGIA.
BRRR
BRRR
GLUPS
FIU

ザッ
TAP
ぼっ
ZAM
¿CÓMO LO VES, CHAKKI?
¡RÁPIDO!

¡TENEMOS QUE RESCATARLOS ANTES DE QUE...!
¡ANTES DE QUE LOS ENCUENTRE!
¡¡TENEMOS QUE LLEGAR ANTES QUE ÉL!!
¡¿ANTES QUE QUIÉN?!
¿DE QUÉ HABLAS?
¡¿QUIERES TRANQUILIZARTE?!
¡ESCUCHA, ÔNI!
¡ESTO ES IMPORTANTE! ¡TENEMOS QUE IMPEDÍRSELO!

TRANQUI-LO...
NO TE PREOCU-PES...
NO HAY NADIE QUE PUEDA MEDIRSE CONMIGO.
ÔNI...
ME ENCARGARÉ DE ÉL.

SEA QUIEN SEA.

ひよこ
OYE, NEZU, ¿Y SI NOS HEMOS PERDIDO?
¿QUIERES HACER EL FAVOR DE CALLARTE?
¡UFFF!

¿DÓNDE SE HABRÁ METIDO ÔNI...?
EL MUNDO EXTERIOR ES TAN ENORME...
¡OJALÁ NO ESTUVIÉRAMOS METIDOS EN ESTE LÍO, ME ENCANTARÍA DEDICARME A VER LA CIUDAD...!
ZUM
¡EH!
VOSOTROS, ¿QUÉ SE OS HA PERDIDO POR AQUÍ?
¡¿EEEH?!

¡DÓNTI!
¿ALGÚN PROBLEMA?
¡LAS HERMANAS GIGANTAS!
¡SOIS LOS CHICOS DE LA BALLENA!
¿QUÉ ESTÁIS HACIENDO AQUÍ?
¡NO VAMOS A RESPONDER A LAS PREGUNTAS DE UNAS TRAIDORAS!
¿EH?
¿QUIÉN VA A SER? LA INGENIERA DE NUESTRA TRIPULACIÓN.
UN MOMENTO, SU CARA ME SUENA... ¿QUIÉN ES?
¿LA... INGE... NIE... RA...?

¡¿EL MAESTRO NANO...?!
N... NO PUEDE SER...
¿ERES UNA... CHICA...?
QUIERO DECIR QUE...
NO SABÍA QUE LO FUERAS...
¿ACASO IMPORTA?
A MÍ NO ME PREOCUPA LO MÁS MÍNIMO.
YA, PERO ES QUE...
A NEZU SE LE DA MAL TRATAR CON CHICAS...

E... ESO NO ES VERDAD...
¡UFFF!
BUENO, ¿SE PUEDE SABER QUÉ OS HA PASADO?
VAYA, NO ESTÁBAMOS AL TANTO.
NO SABÍAMOS QUE AMONLOGIA OS HUBIERA TRAICIONADO.
VIVIMOS EN LA FÁBRICA DEL SEÑOR GANVA, NOSOTRAS NO TENEMOS PERMISO PARA ACCEDER AL CASTILLO.
ÔNI Y LOS DEMÁS HAN VENIDO PARA RESCATAR A LOS REHENES.
NOS SENTÍAMOS MAL POR HABERNOS QUEDADO EN LA BALLENA, ASÍ QUE AL FINAL HEMOS VENIDO A AYUDARLOS.

NOSOTRAS HEMOS OÍDO QUE SE APROXIMABA UN BARCO ENEMIGO.
VENÍAMOS PREOCUPADAS POR EL BIENESTAR DEL SEÑOR ROCHALÍZO.
PERO ESTO ES MUCHO MÁS PREOCUPANTE.
ME CUESTA CREER...
...QUE EL SEÑOR ROCHALÍZO HAYA SIDO CAPAZ DE TRAICIONAR A VUESTRO PUEBLO.
ES VERDAD QUE TIENE MUCHOS DEFECTOS...
...PERO EN EL FONDO TIENE BUEN CORAZÓN.

CUANDO ESTABAN A PUNTO DE VENDERNOS COMO CARNAZA PARA LA GUERRA EN UN MERCADO DE ESCLAVOS DE OTRO PAÍS...
...VENDIÓ TODO SU CARGAMENTO PARA COMPRARNOS Y EVITARNOS UN DESTINO TAN HORRIBLE.
DESDE ENTONCES, SIEMPRE NOS HA TRATADO CON RESPETO.

Y AL LLEGAR A AMONLO-GIA...
...NOS RECIBIERON CON UNA GENEROSA COMIDA EN LA FÁBRICA DEL SEÑOR GANVA.
¿CÓMO PUEDE SER CAPAZ DE UN ACTO TAN CRUEL...?
¿...ALGUIEN QUE NOS TRATÓ CON TANTA MAG-NANIMIDAD?

¡Su excelencia!
¡¿Ya ha regresado?!
¡Pensábamos que estaba en el canal de arena!
¡¿Y la nave enemiga...?!
¡¡Señor duque!!
¡Esto es más urgente! ¡Nos han comunicado que unos intrusos se aproximaban al castillo!
¡El chico de la coleta ha destruido un torreón y ha causado numerosas bajas en nuestros efectivos!
Co... con su permiso...
¡Un grupo de muchachos liderado por un hombre de pelo blanco se aproxima rompiendo nuestras defensas!
¿Qué significa este presagio...?

¿UN CHICO DE PELO OSCURO...?
¿UN HOMBRE DE PELO BLANCO...?

ヒュウゥ…
FSHHH
¡¿VES ALGO?!
AHORA MISMO NO.
¿CÓMO HABÉIS PODIDO DEJAR QUE UN DESTACAMENTO TAN PEQUEÑO SE ACERCARA A LAS PUERTAS DEL CASTI-LLO?
CHAC
NO SE VE NA...
TCHAC
¡DAD LA ALERTA!
DE... ¿DE DÓNDE HA VENIDO?
¡¿UN TORBE-LLINO...?!
¿QUÉ?

¿PERO QUÉ DE-MON...?
SHIIIN

¡¡AAAARGH!!
¡A CUBIER-TO!
¡NO REVELÉIS NUESTRA POSI-CIÓN!
¡SU MAGIA SOLO LLEGA HAS-TA DONDE ALCANZA SU CAMPO DE VISIÓN...!

¡SOCO-RROOO!
¡QUE NO OS VE...! ¡AAAH!
PARA CUANDO ME QUIERO DAR CUENTA, YA HE ACA-BADO CON TODOS.
FUI SOLDADO DURANTE MU-CHO TIEMPO Y TENGO BUENOS REFLEJOS.
PFFF...
NO NECESITAS NINGÚN GUARDAES-PALDAS.

NO DISPARÉIS.
COMANDANTE ORKA.
HA LLEGADO SANO Y SALVO.
SIENTO HABERME DEMORADO.

¿Así que esta era tu espía...?
Llévanos hasta Kýma.
Por supuesto, esa era mi intención.
¿Kýma?
La Ekklesia...
...Nos ha encargado recuperar a Kýma.
Y esa Kýma es más importante que la Phallaina, ¿eh?
¡Hmf!
BANG
¡Iiih!

¡AAAH...!
フワ
FUOM

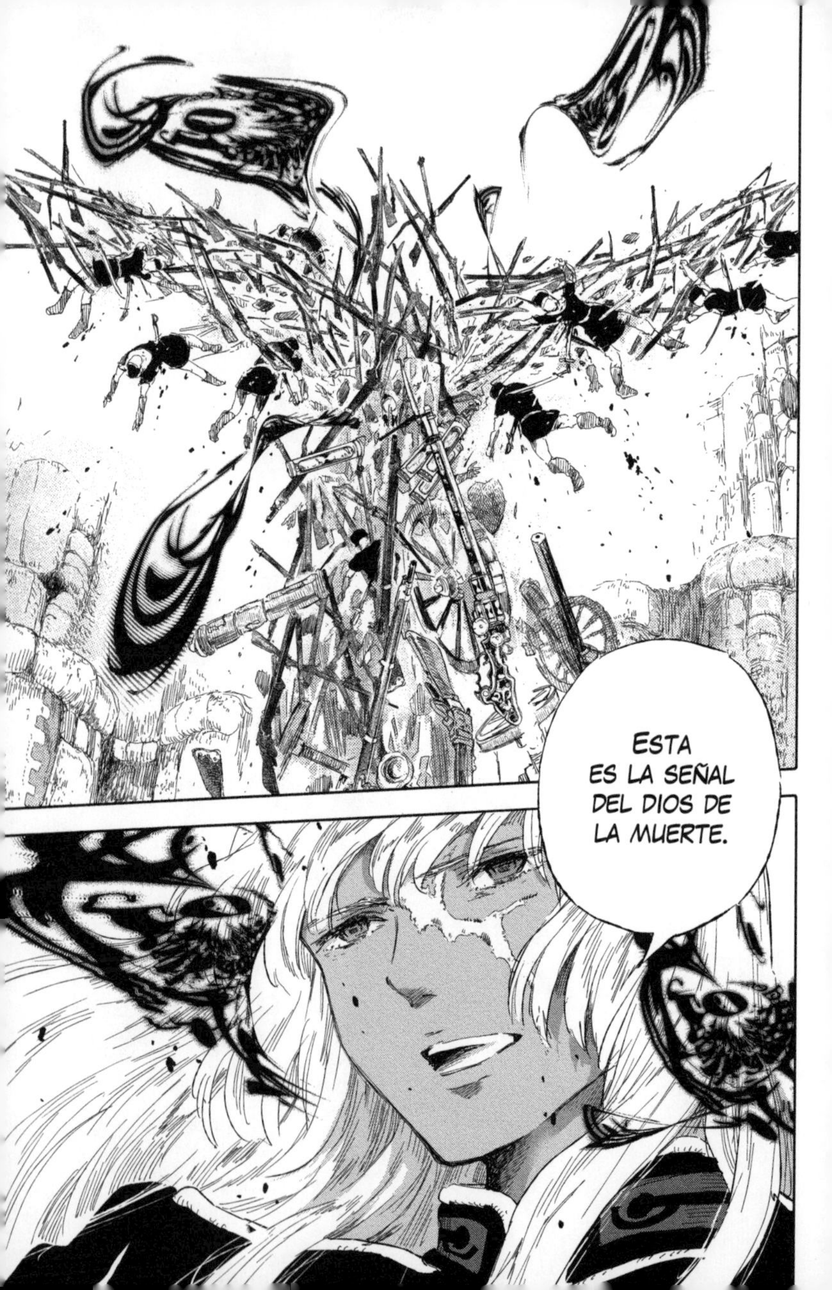
ESTA ES LA SEÑAL DEL DIOS DE LA MUERTE.

¡SI APRECIÁIS VUESTRA VIDA, APARTAOS DE MI CAMINO!

SEÑOR DACTYLA...
RÁPIDO...
HAY QUE LLEGAR A LA CÁMARA DE KÝMA ANTES QUE ÉL...
カタ
BRRR
カタ
BRRR
SI ESE MONSTRUO... SI ESE DE-MONIO...
SI NO...
...LO IMPEDI-MOS...
¡...PONE SUS MANOS SOBRE KÝMA...!
¿QUÉ LE HA PASADO AL DU-QUE?
ESTÁ LÍVIDO...
LA ISLA...
HA SIDO LA ISLA LA QUE HA TRAÍDO AQUÍ AL DEMO-NIO.

パキ
CRIS
パキン
CREC
パキ
CREC

パキ
CRAC
パキ
CRAS
コロ
PLIC
コロ
PLIC
コロ
PLIC
¡AH!

¿QUÉ HA PASADO? ¿HE PERDIDO EL CONOCIMIENTO...?
¿QUIÉN ERES TÚ...?
¿ES QUE NO PUEDE HABLAR?
CLARO, EL DUQUE SE HA MARCHADO ALARMADO POR...
...LAS NOTICIAS DEL MENSAJERO.
AHORA RECUERDO...

¡¿QUE UN BARCO SE APROXIMA A AMONLOGIA...?!
¡¿Una nave del país sin nombre?!
¡Maldición!
¡Todo son desgracias!
¡Has sido tú...!
¡¡Tú has atraído esta maldición sobre mi pueblo!!
¡Padre!
¡Déjelo, se lo ruego!
¡Ahora nuestra prioridad debe ser...!
¡...Proteger Amonlogia!

ROCHALÍZO...
ROCHA-
LÍZO...
¡Ah!
¿UNA NAVE DEL PAÍS SIN NOMBRE...?
CLANC

CLING
CLIN
CLIN
CACLAN
¡EL HOMBRE DE PELO BLANCO SE ENCUENTRA EN LA ENTRADA SUR!
TAP

¡¡SEÑOR ROCHALÍ-ZO!!
¡TENGA CUIDADO, SEÑOR!
¡ESTE ES EL CASTILLO DE MI PADRE!
¡¡NO PERMITIRÉ QUE FRANQUEES SUS PUERTAS, DIOS DE LA MUERTE!!

Cap. 45:
Camaradas

クスン
SNIF
...
ドン
POM
Uh...
Uuuh...

きっ
ZUM
ガタ
CLAC
ばっ
FRUS
ばっ
FRUS
¡CHAS-
MOURITÓ!

Voy heredando la ropa de mis hermanos y ya no me cabe en los armarios.
¿Puedes quedártelas?
Pero soy muy pequeño, su talla me quedará muy grande...
Muy bien. Olvídalo, macaco.
!!
Uh...
¡Hmf!
¡Un momento!
¡¡No se preocupe, creceré hasta que me vaya bien!!
¡He cambiado de idea!
¡¡Se lo ruegooo!!
ÑUC
むぎゅ
...
¡Me gusta ese espíritu tenaz, Chasmouritó!

NO PARÉ HASTA QUE ME LAS DIO. TOTAL, PARA NADA.
SIENTO SER TAN CABEZÓN, SEÑOR ROCHALÍZO.
ME HAN CONFINADO A MI CUARTO...
CLAC
COMO SUPONÍA, TAMBIÉN ME HAN PUESTO CENTINELAS.
ずる…
ZRUS

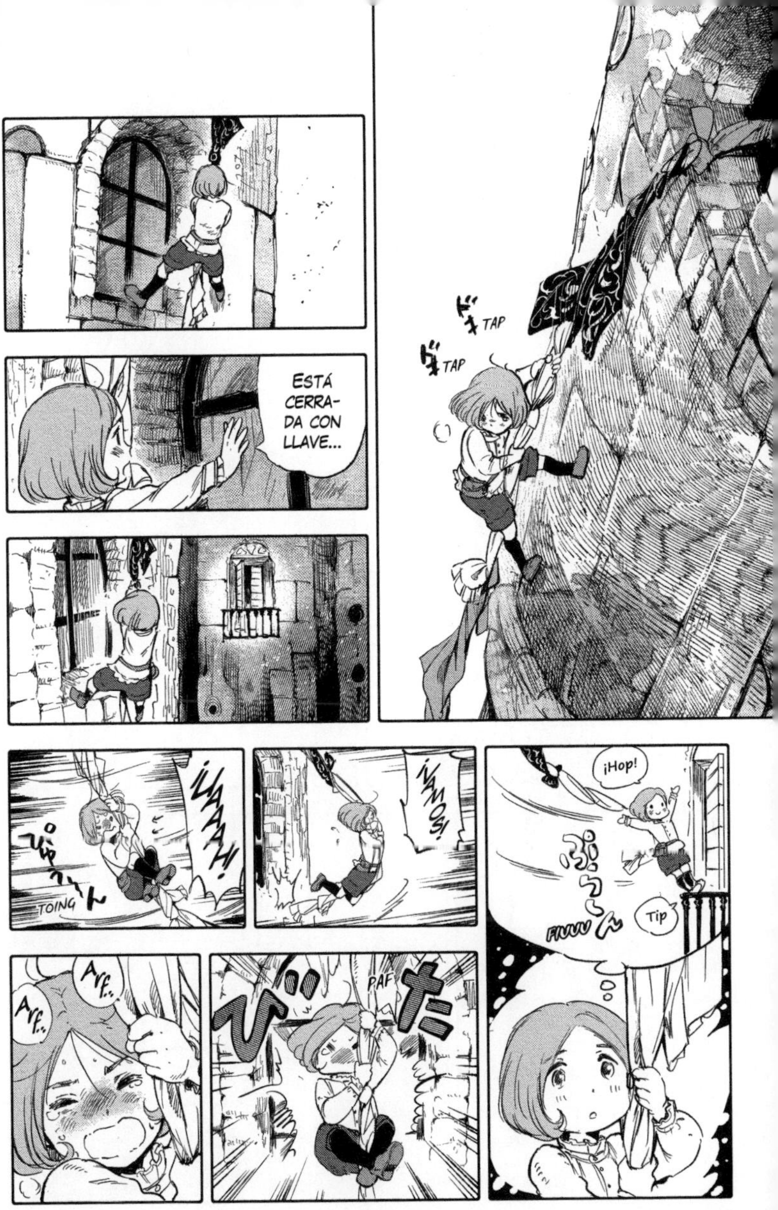
TAP
TAP
ESTÁ CERRADA CON LLAVE...
¡Hop!
Tip
FIUUU
¡VAMOS!
¡UAAAAH!
TOING
PAF
Arf...
Arf...

PLIC
じわ…
SNIF
クスン
SNIF
クスン
SHIN
キーン
¿HM?
...
¿UN AURA...?
¡CLARO!
NOSOTROS TAMBIÉN HEMOS VIAJADO MESES A BORDO DE LA BALLENA DE ARCILLA.
LA VIDA QUE LA PHALLAINA ME HA ABSORBIDO DURANTE ESTE TIEMPO...
...ME LA HA DEVUELTO EN FORMA DE SAIMIA.

MIS PODERES AÚN SON DÉBILES, PERO CREO QUE...
ZUM
CHAC
SHIN
ZIU
GGG
GGG
¡BUF!
¡NJC!

¡Aaah!
ZIU
BLA
BLA
¡TENEMOS AL ENEMIGO A LAS PUERTAS!
¡NECESITAMOS REFUERZOS!
...
TAP
¡¿QUÉ ESTÁIS HACIENDO AQUÍ?!
¡RÁPIDO, OS NECESITAN ARRIBA!
?
¿SEÑOR CHASMOURITÓ?
PERO...
NOS HAN ENCARGADO VIGILAR A LOS PRISIONEROS...
¡ESTÁN INVADIENDO EL CASTILLO!
¡HAN DADO ORDEN DE QUE SUBÁIS A DEFENDER LA ENTRADA!
ZIU
ZIU

¿ESTÁ SEGURO?
NO OS PREOCUPÉIS, YO OS REEMPLAZARÉ.
DADME LAS LLAVES.
¡RÁPIDO!
GLUPS
SNIF
¡AH!

ぽん
FRSH

Ah...
¡Qué alivio, señor Shuan!
Creía que estaba muerto.
Me has despertado en mitad de un sueño.
¡¿Puede dormir en una situación así?!
¿Acaso importa?
No puedo hacer nada...
...para evitar que los ejecuten.

ESPERE.
LE QUITARÉ LOS GRILLETES.
¡ESTÁN ASALTANDO EL CASTILLO!
¡ES AHORA O NUNCA, SEÑOR SHUAN!
¡DEBEMOS APROVECHAR LA CONFUSIÓN PARA SALVARLOS...!
CLAC
¡LO SIENTO DE VERAS...!
¡ME AVERGÜENZA QUE MI PUEBLO LOS HAYA TRATADO DE UNA FORMA TAN ESPANTOSA!

SNIF
ひっく
SNIF
ひっく
パキン
CLINC
SNIF
ひっく
¿EH!?
¿HA ROTO EL OTRO...?
¿...USTED SOLO?
...

ひよい
ÑUC
¡OH!
¡SUÉL-TEME!
¡LE PROMETO QUE NO SEGUIRÉ LLORANDO!
¿DÓNDE ESTÁN LOS NO MARCADOS?
EN OTRA MAZMORRA. ESTA ES DE ALTA SEGURIDAD Y ESTÁ SEPA-RADA.
¿NO HAY GUARDIANES EN LA PUERTA?
AHORA MISMO NO, ESTÁN OCUPA-DOS.
AHÍ AFUERA HAY UN ENORME BARCO DE GUERRA, Y LOS INVASORES ESTÁN...
...A PUNTO DE ENTRAR EN EL CASTI-LLO.
ズッ
FRSH

AH..
¡Uah!
Señor Shuan...
¡Está cubierto de sangre...!
Será mejor que descanse.
Eso es.
Escóndase, yo me ocuparé...
...De liberarlos. Luego vendremos a por usted.
No.
Guíame hasta ellos.
No puedo fallarles.

SI NO LOS PROTEJO AHORA...
...LO QUE HICIERON CONMIGO HABRÁ SIDO EN VANO...
...Y MI EXISTENCIA CARECERÍA DE SENTIDO.

SIGUIENDO A AQUEL HOMBRE...
...LOGRAMOS ATRAVESAR LA CIUDAD Y ENCONTRAMOS EL CASTILLO DEL DUQUE DACTYLA.

Ah...
OH..!
¡¡QUÉ HORROR...!!
ES OBRA DE LOS SOLDADOS DEL IMPERIO...
...

¡LOS NO MARCADOS!
¡HAY QUE DARSE PRISA!
TAP
LA MAZMORRA DONDE LOS TIENEN NO ESTÁ POR ALLÍ.
ES EN ESA DIRECCIÓN.
¡MUCHAS GRACIAS, SEÑOR!
DE NADA.
¡AH!
¡¿PERO POR QUÉ OS LO HE DICHO...?!
PUES PORQUE ESTÁS DE NUESTRO LADO.
¡¡NI HABLAR!!
¡QUE TENGAMOS UN ENEMIGO COMÚN NO SIGNIFICA QUE SEAMOS ALIADOS!
DANGO...
NADIE TE ESTÁ PIDIENDO ESO.

PERO SEGURO QUE ENTIENDES NUESTRA SITUACIÓN, ¿VERDAD?
TÚ TIENES QUE PROTEGER A TU GENTE, Y NOSOTROS DEBEMOS RESCATAR A LOS NUESTROS.
...
ES VERDAD.
NO HACE FALTA QUE NOS AYUDE, PERO...
SI PUEDE ENSEÑARNOS EL CAMINO A LA CELDA...

¡GRACIAS, SEÑOR DANGO!
Y PERDONE POR EL SECUES-TRO.
¡GRACIAS POR SU AYUDA!
¡MUY BIEN, DANGO!
¡VE CON CUIDADO!

SI EL DUQUE HUBIERA ACEPTADO SU PETICIÓN...
SI LOS HUBIÉRAMOS ACOGIDO EN NUESTRA TIERRA...
...CREO QUE HABRÍAMOS SIDO BUENOS AMIGOS.
ESTOY SEGURO: HABRÍAN SIDO UNOS VALIOSOS ALIADOS PARA AMONLOGIA.

Un...
¡¡REGRESAD CON VIDA!!
E... ¡EH!
ALGÚN DÍA, CUANDO EL MUNDO VIVA EN PAZ...
...VOLVEREMOS A ENCONTRARNOS COMO CAMARADAS.

AQUEL DÍA DESCUBRIMOS QUE...
...AUNQUE EL DESTINO NOS SEPARARA DE PERSONAS COMO DANGO...
...EL MUNDO SE ENCONTRABA ATRAVESADO...
...POR HILOS INVISIBLES...
...QUE CONECTABAN SUS CORAZONES Y LOS NUESTROS.

¡NECE-
SITAMOS
REFUERZOS!
TAP
ÑUC
¡¿DANGO
SFAÍRA?!
¡NECE-
SITAMOS
REFUER-
ZOS!
¡LUEGO
OS LO
CUENTO!
PERO...
¿TÚ NO
ESTABAS A
BORDO DE
LA ISLA?
EL
SEÑOR
ROCHA-
LÍZO HA
INTENTADO
DETENERLO,
PERO...
¿Y EL
SEÑOR
DUQUE?
GLUPS

¡AH!
¡¿SEÑOR ROCHALÍZO?!
¡LO HAN HERIDO...!
¡¿SE ENCUENTRA BIEN?!
PAM
¡HAN ATRAVESADO NUESTRAS DEFENSAS!
NO HE PODIDO... DETENER A ESE... DIOS DE LA MUERTE...
¿DIOS DE LA MUERTE?

HA ENTRADO EN EL CASTILLO...
¡OH, NO!
¡¿EL HOMBRE QUE HA ACABADO CON TODOS ESTOS GUARDIAS ESTÁ DENTRO...?!
Ngh...
SI NO... LO IMPIDO...
SEÑOR, EN SU ESTADO NO PUEDE...

¡AH!
SEÑOR ROCHALÍZO...
TENGO QUE INFORMARLE...
ES...
SOBRE LOS CHICOS DE LA ISLA.
LOS HE GUIADO HASTA AQUÍ...
LES HE INDICADO...
...LA UBICACIÓN DE LA MAZMORRA DONDE SE ENCUENTRAN LOS NO MARCADOS.
ACEPTARÉ EL CASTIGO QUE SE ME IMPONGA.
PUEDE COMUNICÁRSELO AL SEÑOR DUQUE.
LO SIENTO...
...SEÑOR ROCHALÍZO.

ÑUC
¡¿CÓMO HAS SIDO CAPAZ...?!
¡¿...DAN-GO?!
¡¿POR QUÉ HA SALIDO DE TI TAN FÁCIL, TAN ESPON-TÁNEAMENTE, MIENTRAS QUE YO...?!
¡¿POR QUÉ YO NO HE SIDO CAPAZ...?!
¡¿...DE DECANTARME POR LO QUE DE VERDAD IMPORTA?!
NO LA GLORIA, NI LA RIQUEZA...
...SINO LA AMISTAD.

¡¿Por qué no ha salido de mí...?!
Señor Rochalízo...
Señor, el hombre de pelo blanco...
...se dirige a la cámara del apolíthoma.
...
¿Donde se encuentra Kýma?
!
Suô sigue allí...

CRUJ
UH...
ÑUC
¡¡DANGO!!
¡¿SÍ?!
¡TENGO UNA MISIÓN PARA TI!

SI LOS CHICOS...
...DE LA BALLENA DE ARCILLA...
...CONSIGUEN RESCATAR A LOS NO MARCADOS...
...AYÚDALOS A VOLVER.
¡HAZ LO QUE SEA NECESARIO PARA ASEGURARTE DE QUE...!
¡...REGRESAN A SU ISLA SANOS Y SALVOS!
¡¿SEÑOR...?!
YO VOLVERÉ A POR SU LÍDER.
ESPÉRAME AQUÍ Y TEN LISTA UNA EMBARCACIÓN.

¿ESTÁ SEGURO, SEÑOR?
...
¡Hmf!
DE...
¡DÉJELO EN MIS MANOS!
TAP
LA GENTE ES IDIOTA...
NO TIENE LA MENOR IDEA.

¿Y ESTE ES EL HERMANO AL QUE TODOS TIENEN POR INÚTIL? ¡JA!
TAP

Cap. 46:
La residencia provisional de las sotíras
TAP
TAP

TAP
TAP
TAP
TAP
ES AQUÍ.
GRA-CIAS.
MYRMÍNKI, KOUNOÚPI...
VENID CONMIGO.
SÍ.
¿CÓMO?

¡¿Y YO?!
TÚ ESPERA AQUÍ...
...LION-TARI.
ASEGÚ-RATE...
...DE QUE NO ENTRE NADIE.
BLAM
¡¿POR QUÉ NO ME LLEVAS A MÍ?!
POM
POM
¡SOY MUCHO MEJOR QUE ELLOS!
¡No me dejes...!
¡...Aquí...!

¡Llévame!
¡No me dejes!
¡Noooo!
¡Agh!
¡Arf!
¡SOLO QUEDA UN NIÑO!
¡INMOVILIZADLO!
Ju, ju, ju, ju...
FUOM
¿EN SERIO...?

¡SEÑOR ANTIKHEIRAS! ¡¿QUÉ HACEMOS?!
¡LOS INVASORES ESTÁN EN EL CASTILLO!
¡NO PIENSO SALIR DE MI CUARTO!
¡DEJADME!
¡Y QUE ALGUIEN...!
¡...ME TRAIGA MI MANTA!
ROCHALÍZO...
HERMANO, ¿QUÉ HACES AQUÍ?
ERES EL HERMANO MAYOR, DEBES PROTEGER A NUESTRO PADRE.
¡¿Y TENER QUE VER A ESE HORRIBLE DEMONIO?! ¡NUNCA!
¡YA SABES...!
¡...QUE A MÍ SOLO ME INTERESAN LAS COSAS MONAS!
ÑUC

¡QUIERO DESPERTAR DE ESTA PESADI-LLA!
¡NECESITO RODEARME DE COSAS ADORA-BLES!
¡ANTI-KHEIRAS!
ESCUCHA...
VOY A ENFREN-TARME A ESE DEMONIO.
¡¿PERO QUÉ DICES, ROCHALÍZO?!
¡¡ANDA, PONTE ESTE TRAJE Y QUÉDATE A MI LADO!!
PUF
ROCHA-LÍZO...
MI QUERIDO Y ATOLONDRADO ROCHALÍZO, ERES UN INÚTIL...
SERÁ MEJOR QUE NO INTENTES HACERTE EL DURO.

¿TE RECONFORTA...?
¿...QUE SEA UN INÚTIL, HERMANO?
POR SUPUESTO.
ASÍ, DEBILUCHO, ERES MÁS MONO...
NO QUIERO QUE CAMBIES.
LO SIENTO, PERO...
...NO SOY COMO TUS MASCOTAS.
NO VOY...
...A AMOLDARME A LO QUE ESPERAN DE MÍ...
...NI MIS HERMANOS NI MI PADRE.
ROCHALÍZO...

PERO, AL MENOS...
PUF
¿...TE LO PONDRÁS ANTES DE MARCHARTE?
...
...
¡Snif!
DE ACUERDO...
¡¡DISPARAD!!
PAUM
CLINC
CLINC
CLINC

シュウゥ…
FSSSHHH
¡DEMO-
NIO!
¡¡FUERA
DE MI
CASTI-
LLO...!!
¿HABLO
CON EL SEÑOR
DE ESTAS
TIERRAS?
¡ASÍ
ES!
¡MI
RESPONSABI-
LIDAD COMO
DUQUE DE
AMONLO-
GIA...!
¡...ES
IMPEDIR QUE
INDESEABLES
COMO TÚ
PONGAN EL
PIE EN...!
ギッ
TCHAC
¡ARGH!

TAP
TAP
¡UGH!
¡AAAH!
CHAC
ÑUC
¿SERÍAS TAN AMA-
BLE...?
¿...DE ENTREGARME A KÝMA?

Verás, no deseo actuar como tus ancestros...
Esa cuadrilla de maleantes...
Tu linaje se remonta a una asociación de comerciantes de baja estofa, chusma dedicada al pillaje de armas en el mar de Siderasia.
Descendiente de un hatajo de piratas, eso es lo que eres.
Kýma y el *Apolíthoma* llegaron a vuestras manos...
...Como parte de un botín.
Ma...
Maldito demonio...
UGH..
CHAC
Co... ¿Cómo...?
¿Cómo has descubierto...?
¿...El secreto de nuestro clan?

TUS ANCESTROS RINDIERON VASALLAJE A LA FAMILIA REAL QUE GOBERNABA ESTAS TIERRAS. JURARON PROTEGER ESTA ISLA Y EL PRECIADO APOLÍTHOMA...
ズル RAS
ズル RAS
PERO LA TRAICIÓN...
...NO SE HIZO ESPERAR, ¿VERDAD?
¡NO! ¡ALTO!
¡NO ENTRES AHÍ...!
EL REY AL QUE TUS ANTEPASADOS DIERON MUERTE TAMBIÉN DEBIÓ DE ROGAR ASÍ.
TUS ANCESTROS COMBATÍAN EN BARCOS TIRADOS POR BESTIAS...
...HASTA QUE ROBARON LA TECNOLOGÍA PARA CREAR MOTORES IMPULSADOS POR APOLÍTHOMA Y ARMAS QUE UTILIZAN LAS PROPIEDADES EXPLOSIVAS DE LOS FÓSILES.
EL EXPOLIO ES LO QUE HIZO DE ESTA REMOTA ISLA UN REFERENTE DE LA CIENCIA MILITAR RECONOCIDO POR EL MONARCA DE SIDERASIA.

¿Estoy en lo cierto?
Te felicito por tu trabajo.
Gracias, comandante.
TAP
No perderé el tiempo intentando que comprendas mi obsesión por las historias...
Pero te confesaré que para mí son indispensables...
Y la tuya me dice que eres un saqueador regicida...
Así pues, estoy legitimado para desposeerte de tu tesoro.

UUUH..
ドサ
PTOM
¡¡SEÑOR DUQUE...!!
カッ
TAP
カッ
TAP

TÚ DEBES DE SER KÝMA.
¿QUIÉN ERES...?
SE DA UN AIRE A LYCOS...
!
¡AH!

¿Y ESE OLOR A LECHE?
BRRR
VEN CONMIGO...
YO TE LIBERARÉ.
EL SEÑOR ORKA NOS RESCATÓ CUANDO ESTÁBAMOS A PUNTO DE MORIR.
NOS ACOGIÓ COMO SI FUÉRAMOS DE SU PROPIA FAMILIA.
LO HIZO CON NOSO-TROS, CON LIONTARI E ITIÁ...

...A PESAR DE SER UN DIOS DE LA MUERTE...
...
KÝ... MA...
KÝMA...
NO LA... TOQUES...
QUIETO.
ESTÁS TEMBLANDO.
NO TENGAS MIEDO.
NADIE...
...ME HABÍA INSPIRADO TEMOR...
...HASTA AHORA...
¡AH!
FSH

POC
POC
POC
POC
¡AH!
SSSH
SSSH
¿SE TRATA DE UNA ILUSIÓN...?
¿UN RELOJ...?
¿...DE ARENA?

...
SA...
SAMI...
パキ CRIC
パキ CRIC
?!

CREC
パキ
CREC
パキ
¡KUMA!
¡¡ALÉJATE DE ÉL...!!
すとん
FSH
NO... ¡NOOO!

Hola...
...Mi saqueador.
¿Qué te parece...?
¿UN TRATO?
ESO ME TRAE RECUERDOS...
VOSOTRAS SIEMPRE NEGOCIANDO, ¿EH?
Ju, ju... Veo que nos conoces bien.
¿Aceptas? Cuéntame algo sobre ti. Si me entretienes...
...Dejaré que me lleves contigo.

Yo soy Kýma.
¿...Si hacemos un trato?
Por cierto, conozco la primera propuesta.
Ella y yo estamos conectadas por la arena.
¿TE REFIERES A MI TRATO CON OLIVÍNIS?
¿Te acuerdas? Han pasado unos cuantos años.
CHAC

ザア
SSSHHH
SOY YO.
JUSTO DESPUÉS DE DESTRUIR UNA BASE ENEMIGA, A BORDO DE LA SKYLOS.
AL VOLVER A CASA, MI HAZAÑA ME HIZO MERECEDOR DE SÁRKA.
LA VISIÓN HA CAMBIADO...
¿DÓNDE ESTAMOS...?

ザア
SSSHHH
パキーノ
CRIC
ポウ
BUOSH

Dios de la muerte que se deja herir en la batalla...
...Sé a qué has venido. Has sufrido tanto...
Deberías quedarte en nuestro mundo para siempre.
Hagamos un trato.
Si ofreces todas tus emociones a Ánthropos...
...Te concederé la llave...
...De la paz de espíritu.
Ah...

Los nous pueden reescribir todos tus dolorosos recuerdos.
Paz, nostalgia, afecto...
Puedes sumergirte en nuestro mundo...
...Rebosante de emociones plenamente satisfactorias... Olvidar para siempre tu sufrimiento.
Ven conmigo.

¿Por qué lo hiciste?
¿Por qué rechazaste...?
¿...La propuesta de Oliví-nis...?
¿...Teniendo al alcance de la mano ese mundo ideal?
FUOSH
ヒュン
POR-QUE...
...SIEMPRE HE ESTADO CONVENCIDO DE QUE ALGÚN DÍA...
...TENDRÍA ACCESO A ÉL.
SIMPLEMENTE NO ERA EL MOMENTO...
ME PARECIÓ QUE...

...NO PODÍA...
...ACCEDER A ÉL EN SOLEDAD.
¿Sabes...?
¿...Que comparto tus recuer- dos?
Los que ofreciste a Ánthro- pos...
Te conozco bien.
No eras capaz de matar ni a un simple insecto.
Aquel triste suceso te paralizó...
No había nadie más sensible y temeroso que tú.

Por mucho que Ánthropos devorara, era incapaz de consumir la tristeza que te atormentaba.
Así pues, pospusiste tu paz.
Sin embargo, ¿fue una decisión consciente?
...
Al final, Olivínis...
...Sí que me entregó una llave.
Le intrigaba ver qué sería capaz de hacer.
Es una llave parecida a la que tenían mis padres.
Ah...
Se parece...
...al colgante de Ôni...

¡¿Una llave...?!
¡¿...Para crear daímonas?!
Tú...
...Desciendes de la familia capaz de alumbrar daímonas...
Por tus venas corre la sangre de la apostasía.
Las únicas criaturas que pueden desafiarnos. Claro...
¿Y bien? ¡Espero tu respuesta, apóstata!
¡Veamos si tu historia...!
¡...Merece la pena!

MUY BIEN.
COMO VES, LA LLAVE ES MÍA. AHORA SOLO TENGO QUE APODERARME DE TI...
...HACERME CON LA PHALLAINA...
...SOMETER AL DAÍMONAS...
...DESEMBARAZARME DE CIERTO PERSONAJE DE ALTA ALCURNIA...
...Y ADUEÑARME DE VUESTRA MADRE...
SÍ, ME REFIERO A ÁNTHROPOS.

¡DEJAREMOS DE SER PASTO DE LOS NOUS!
¡SE VOLVERÁN LAS TORNAS Y SEREMOS NOSOTROS QUIENES OS DOMINEMOS!
¡¡CON ESTA SANGRE...!!
¡¡...SALVARÉ A LA HUMANIDAD!!

¡Ja, ja, ja, ja, ja!
Eso nunca ha ocurrido...
Ju, ju, ju...
Ju, ju...
En ninguno de los mundos que hemos colonizado, ninguna forma de vida ha logrado liberarse de nuestro yugo.

Cap. 47:
Dueños de las estrellas

¿Quieres...?
¿...Derrocar a los nous?
Te lo advierto: nadie ha logrado desafiar nuestra hegemonía.

Manipulados por los *nous*, os saqueáis, os esclavizáis y os matáis los unos a los otros.
Y todo porque sois débiles.
Podríamos devorar a la humanidad por completo, ¿qué problema habría?
Solo obedecemos la ley natural.
Siempre ha sido así: los débiles son depredados por los fuertes.
...
CIERTO, NOS HA TOCADO SER LOS DÉBILES...
...PERO TENGO INTENCIÓN DE CAMBIAR ESO.
ME SERVIRÉ DE ÁNTHROPOS PARA MODIFICAR A LA HUMANIDAD Y HACERLA MÁS FUERTE QUE LOS *NOUS*.

COMO VES, ME PROPONGO REESCRIBIR LAS REGLAS DE JUEGO...
...INVIRTIENDO NUESTRA RELACIÓN.

¡Ju, ju, ju!
Hacía tiempo...
...Que no me divertía tanto.
Este lugar siempre ha sido mortalmente aburrido.
Trato hecho...
¡Estoy deseando ver cómo se desarrolla esta farsa!
FSSSH
Siembra el caos y sacude los cimientos...
...Del mundo.
CRAC
FSSSH

Me ofrezco a ti...
...Fabulador apóstata.
CRIC
CRIC
FSSSHHH
SAM...
¡¡SAM...!!

ザアァァ
KSSSH

Adelante, débiles criaturas.

¡Avancemos hacia ese mundo nuevo!

Kuchiba...
Tenemos que hablar.

¡¿QUE NOS SUICIDEMOS?!
O... ¿OTRA VEZ?
¡PENSABA QUE HABÍAMOS DESCARTADO LA IDEA...!
SI LOS NIÑOS INTENTAN RESCATARNOS, LOS CAPTURARÁN.
LOS OBLIGARÁN A PARTICIPAR EN LA GUERRA.
MORIRÁN EN EL CAMPO DE BATALLA...
...Y TODO HABRÁ SIDO POR NUESTRA CULPA.
SI NOS QUITAMOS LA VIDA...
...LOS LIBERAREMOS DE SUS CADENAS.

Kuchiba...
No te enfades.
Solo piensan en lo mejor para los marcados.
No me enfado.
Kuchiba...
La verdad es que yo también estaba pensando en ello.
Tampoco quiero ser una carga para los marcados.
¡Si muriendo los liberamos, habrá valido la pena!

...
PERO...
¡...NO PODEMOS OBLIGAR A LOS NIÑOS A...!
NO...
DEBE HABER ALGUNA FORMA...
...DE SALVARLOS A ELLOS TAMBIÉN, TIENE QUE HABERLA...
SHINO-NO...
TAMPOCO ES FÁCIL PARA NOSOTROS...
¡AH!
¡NO!
¡NOSOTROS TAMBIÉN JURAMOS PROTEGER A LOS MARCADOS!
¡ESTAMOS DISPUESTOS A MORIR POR ELLOS!

NO DEJAMOS DE PREOCUPARNOS POR ELLOS...
LLEVAMOS UN BUEN RATO PENSANDO QUÉ PODEMOS HACER.
¡NO NOS TRATÉIS COMO NIÑOS!
LO TENGO AQUÍ...
FRSH
A LOS NIÑOS NO NOS REGISTRARON.
ES UN CUCHILLO DE PIEDRA, PERO SERÁ SUFICIENTE.
DA... ¡DÁMELO!
ZA
¡LIBERAREMOS A LOS MARCADOS...!
¡...DE SU TERRIBLE DESTINO!

CHAC
¡AAAAH!
ES INCREÍBLE...
NO SE OS PUEDE DEJAR SOLOS.
¿POR QUÉ SOIS...?
¿...TAN REMATADAMENTE IDIOTAS?
...

¡¡COMANDANTE...!!
¡¡SHUAN...!!
ECHAOS ATRÁS, VAMOS.
SHUAN...
¡ESTÁS VIVO! NOS TEMÍAMOS LO PEOR...
FUOSH
FUUSH

CLANC
¡AAAH!
CLON
?!
¿CÓMO LO HAS HECHO...?
¡TU SAIMIA NO ERA CAPAZ DE CORTAR METAL!
...
SHUAN...
NO PUEDE SER... ¿ACASO...?

A MÍ TAMBIÉN ME CUESTA CREERLO.
EL PODER HA DESPERTADO EN MÍ...
...CON 16 AÑOS DE RETRASO.
DEBERÍAIS ALEGRAROS.
YA NO SOY VUESTRO DESCARTE.
...
PERO ESO AHORA ES LO DE MENOS.
ESTA ES NUESTRA OPORTUNIDAD DE ESCAPAR DE AMONLOGIA.
?

¡RÁPIDO!
¡NO HAY TIEMPO QUE PERDER!
SEÑORA SHINONO...
¿NO VAMOS A SEGUIR ADELANTE CON...?
...
LO SIENTO...
SIENTO QUE OS HAYAMOS OBLIGADO A TOMAR UNA DECISIÓN TAN HORRIBLE...
ぺたん
POM
YA PENSABA QUE SE HABÍA ACABADO TODO.
HE ENVIADO A LOS CARCELEROS ARRIBA.
DAOS PRISA, ANTES DE QUE VUELVAN.

MADRE...
¿Y TU HERIDA?
ESTOY BIEN.
MÁS TE VALDRÍA PREOCUPARTE POR TI MISMO. MENUDA CALAMIDAD.
DA PENA VERTE.
SI TÚ LO DICES...

AUNQUE NO HAYA GUARDIAS...
¿...CÓMO LO VAMOS A HACER PARA LLEVARLOS A TODOS A LA BALLENA?
¿TAMBIÉN PRETENDÉIS CARGAR CON LOS MUER-TOS?
PERO SI NO LOS ENARENA-MOS...
¡NO VOLVERÁN EN LA VENIDA DE LAS ARENAS!
EN FIN...
POR CIERTO, SEÑOR COMANDANTE, ¿Y EL CAPITÁN SUÔ? ¿NO ESTABA CON USTED?
CREÍA QUE ESTABA CON VO-SOTROS.
...

¿Y SI EL CAPITÁN SUÔ...?
¿...SE QUITA LA VIDA?
ÉL NO HARÍA ALGO ASÍ.
LO SIENTO, OJALÁ SUPIERA...
...DÓNDE LO TIENEN ENCERRADO.
LO PRIMERO ES PONEROS A SALVO.
¡¡QUIETOS!!
¡AY!

CHASMOURITÓ...
¡TENDRÁS QUE DAR CUENTA DE ESTO!
¡IBAIS CON ROCHALÍZO CUANDO VUESTRO BARCO EMBARRANCÓ EN LA BALLENA!
SENTIMOS HABER COLABORADO EN EL ENGAÑO...
¡...PERO NOS JUGAMOS DEMASIADO EN ESTO!
CACHAC

¡YO LOS ENTRE-TENGO!
¡VAMOS, ¿A QUÉ ESPERÁIS?!
SHUAN...
FUOSH
!!

QU...
¡¡¿QUÉ CLASE DE PODER ES ESTE?!!
¡¡RÁPIDO!!
¡SALID CORRIEN-DO!
¡MIERDA!
CHAC
¡NO! ¡SON NUESTROS REHENES! ¡NO PODEMOS ACABAR CON ELLOS!
?!

...
¿QUÉ OCURRE...?
¿TIENE UN LÍMITE O LO DE ANTES...?
¿...HA SIDO SOLO UN BROTE MOMENTÁNEO?
UH...
?
¡HA DETENIDO SU ATAQUE!

¡A ÉL PODÉIS ABATIR-LO!
¡MATAD AL BRUJO!
¡¡ACRIBI-LLADLO!!
¿QUÉ ME PASA...?
SIENTO UN SUDOR FRÍO...
TENGO NÁUSEAS...
¿SERÁN ESTOS LOS EFECTOS DE SER UNA MERA FALSIFICA-CIÓN...?
¡AH!
¡SHUAN!
¡¿QUÉ HACES...?!

¡VAMOS!
¡¡PONTE A SALVO!!

¡¡SHUAN...!!

ポ
PLIC
タ
PLIC
ッ

SI IBAS A VENIR, PODRÍAS HABERTE DADO MÁS PRISA.
¿ES QUE SIEMPRE...?
¿...TIENES QUE ESTAR QUEJÁNDOTE?

¡ÔNI!
¡CHICOS!
¡¿CÓMO HABÉIS LOGRADO...?!
¡LOS ANCIANOS!
¡COMANDANTE!
TAP TAP
?!
¡Mfff!
SEÑOR... KUCHI...
NO... ¡¡NO LLORES, HOMBRE!!

ME DA IGUAL...
...A QUÉ NOS ENFREN- TEMOS MIENTRAS ESTEMOS JUNTOS.
ÑUC
NO VOLVERE- MOS...
...A SEPARARNOS DE VOSO- TROS...

タッ
TAP
タッ
TAP
タッ
TAP

¡ALTO AHÍ!
¡¿IRÁ CON EL HOMBRE DE PELO BLANCO?!
¡SIN DUDA!
TIENE SU MISMO COLOR DE PIEL...
¡DEJADME PASAR!
!!
¡GUAGH!
CLIN
CLIN
NO PUEDO CREER...
...QUE VOLVAMOS A ENCONTRARNOS AQUÍ...

ARDÍA EN DESEOS DE VOLVER A VERTE...
...MUESTRA NÚMERO 4. ♪

Cap. 48:
Enjambre de granos de arena

Extractos de las crónicas imperiales 1

El Imperio y los nous

La historia del Imperio está indisolublemente unida a los nous. Su descubrimiento permitió desarrollar un estado en un hábitat tan hostil como el mar de arena. Su poder no solo provee al país de un medio incomparable para surcarlo, sino que también permite a sus ciudadanos deshacerse de las traicioneras emociones.

El número de nous es limitado. Actualmente, el Imperio tiene en su haber un total de ocho ejemplares, entre ellos el gigantesco Ánthropos, la madre de todos ellos. Ánthropos mantiene a flote la isla principal del Imperio y la dota de movilidad. Los otros nous se utilizan principalmente como naves de guerra.

CLIN CLIN
¡AH!
...
¿EH...?
¿LIONTARI?
ASÍ VESTIDO...
...NO TE HABÍA RECONOCIDO.
¡AH!

...
ギッ…
ÑUC
LIONTARI, ¿DÓNDE ESTÁ MI HERMANO?
LO ESTÁS ACOMPA-ÑANDO, ¿NO?
¡DÉJAME PASAR! ¡¡TENGO QUE ENCONTRAR-LO!!
¡Pfff!
Ju, ju...
¡Ja, ja!
¿TU HERMANO?
PARA TU INFORMACIÓN, ORKA HA DEJA-DO DE SER TU HERMANO.

¡Ahora es el mío, ¿sabes?!
Nunca me separo de él. Soy la persona...
...En quien más confía. En todo este tiempo...
...No le he oído mencionarte ni una sola vez.
¡Por lo que a él respecta, ya no sois familia! ¡¡No eres su hermana!!
Pues mejor.
No tenía intención de seguir siéndolo.

CLINC
¡Y SI PIENSAS PROTE-GERLO...!
¡...TAMPOCO TENDRÉ REPAROS EN ACABAR CONTIGO!
FUOSH
GUN GUN
¡¡DEMA-SIADO TARDE!!
FIUM

CLAN
!
CLINC
TCHAC
¡UGH!

Uuuh...
UN UN
EH...
CÓMO TE HAS ABLANDADO...

¿Has disfrutado de tu plácida estancia en la Phallaina?
Seguro que esos salvajes te han lavado el cerebro.
¿Os habéis hecho amiguitos?
¡Qué suerte!
Aunque yo prefiero otros juegos.
Tranquila, me lo tomaré con calma.
No voy a matarte.
TCHAC
CLAN
¡Uh!

LION-
TARI...
¿SABES QUE NUNCA...?
¿...TE HE ENTENDIDO?
PENSABA QUE ESTABAS LOCO.
DJIIN
NO COMPREN-
DÍA TUS VIOLENTOS CAMBIOS DE HUMOR...
TAN PRONTO ESTABAS RIENDO...
...COMO TE ENFURECÍAS SIN VENIR A CUENTO.
PERO CREO QUE AL FIN LO HE ENTEN-
DIDO.
AHORA SÉ QUE NO ESTÁS LOCO.
LO QUE DESEAS ES REÍR EN COMPAÑÍA DE OTROS...
...PERO NADIE TE DEVUELVE LA SONRISA.
ÑUC

TUS EMOCIONES NO ENCUEN-TRAN ECO ALGUNO...
POR ESO SE CONVIERTEN EN HOSTILIDAD.
BRRR
FUOSH

TCHAC
TCHAC
FUOSH
¡ESTÁS OBSESIONADO CON MATAR Y TORTURAR...!
¡...A LOS HABITANTES DE LA BALLENA...!
¿QUÉ TE HACE PENSAR TAL COSA?
¡...PORQUE ENVIDIAS LO QUE ELLOS TIENEN! ¡LO QUE TENEMOS!
PORQUE TIENE SU GRACIA.
CREC

¡¡QUIERES ACABAR CON ELLOS PARA OCULTAR AQUELLO QUE TE NIEGAS A RECONOCER DE TI MISMO!!
¡¡TE EQUIVOCAS!!
CLANC
¡ESO ES COMPLETAMENTE FALSO!
TÚ...
¡¡NO ERES CAPAZ DE ENTENDER NI UN GRANO DE ARENA DE LO QUE ME PASA POR LA CABEZA!!

Siento teneros aquí retenidos...
Si hubiera alguna forma de avanzar sin que nos vieran...
No te preocupes.
Tampoco podemos irnos.
...Pero no sé cómo podemos llegar a la Ballena sin llamar la atención.
No vamos a abandonar a Suô.
Y seguro que Lycos también está en el castillo.
Tenemos que encontrarlos cuanto antes.

NO PODEMOS DEJAR A NADIE ATRÁS.
CLARO, CHAKURO.
YA SABEMOS LO MUCHO QUE APRECIAS A SUÔ Y LYCOS.
¡POR SUPUESTO!
¡LA BALLENA SOMOS TODOS!
¡¿VERDAD, COMANDANTE?!
POM
POM
ME ESTÁS HACIENDO DAÑO.
¿QUÉ TE HA PASADO?
¿ES VERDAD QUE YA NO PUEDES USAR TU SAIMIA?
¿NO ME HAS...?
¿...VISTO UTILIZARLA?

?
LO HE HECHO JUSTO ANTES DE QUE APARECIERAS...
CUANDO HE LLEGADO...
...YA ESTABAN A PUNTO DE DISPARARTE.
¿AH, SÍ?
BUENO, ANTES DE ENTRAR EN ACCIÓN SIEMPRE ME LO TOMO CON CALMA, ANALIZO A FONDO LA SITUACIÓN.
Hm...
Creo que ya toca...
SERÁ MEJOR QUE NO SE ENTERE SUÔ.
¡COMANDANTE!
¡ÔNI ES FABULOSO!
¡SU SAIMIA HA AUMENTADO DE UN MODO IMPRESIONANTE!

SIN ÉL...
...NO HABRÍAMOS LOGRADO ATRAVESAR LAS CALLES DE AMON-LOGIA.
...
YA VEO.
ES POSIBLE...
...QUE AHORA MISMO NO HAYA NADIE MÁS FUERTE QUE TÚ EN TODO EL MUNDO.
¿Y SI EN UN FUTURO...?
¿...TE DA POR ABUSAR DE ESE INMENSO PODER?

¿ENTONCES QUÉ?
...
NO TENGO INTENCIÓN DE USARLO PARA NADA.
ME LIMITO...
...A PROTEGER LO QUE NIBI AMABA.
EL ESPÍRITU DE MASOO ME CONVENCIÓ...
...PARA QUE INTER-VINIERA.

...
ÔNI...
SÉ QUE SIGUES SIENDO EL MISMO.
TU FORTALEZA NOS ANIMA A SEGUIR ADELANTE.
SÉ QUE, POR MUY PODEROSO QUE LLEGUES A SER...
...NUNCA DEJARÁS DE SER EL COMPAÑERO QUE CRECIÓ CON NOSOTROS EN LA BALLENA DE ARCILLA.
¿CÓMO QUE...?
¿...HAN INVADIDO EL CASTILLO?
TAP

¡TENEMOS QUE ENCONTRAR A MI PADRE...!
!!
¡OH, NO...!
¡¡EL HERMANO DE LOS BUCLES!!
¡AAAH!
¡¿ENEMIGOS?!
¡VAYA MELENA MÁS ESPLÉNDIDA!
TE HA CAUTIVADO MI CABELLERA, ¿EH?
ZUI
¿QUIERES SER MI CONCUBINA?
¡¿SEÑOR DYCTIS?!
¡SÍ, YA LO SÉ!
¡ES EXTRAÑO QUE LOS REHENES DEAMBULEN POR EL CASTILLO CUANDO DEBERÍAN ESTAR ENCERRADOS!

¡¿QUÉ HACÉIS FUERA DE LA MAZMORRA?!
¿NOS LO ESTÁ PREGUNTANDO EN SERIO?
QUÉ INGENUIDAD...
CLONC
¿EH? ¡¿ACASO NO DEBÍA...?!
¡MALDITOS...!
FUOM
CLON
NO SÉ, ¿QUIZÁ ME HE APRESURADO AL...?
SON NUESTROS ENEMIGOS, ¿NO?
...
...

...PARA INTERCAMBIAR AL CAPITÁN...
...POR EL HIJO TONTO.
¡NO PODÍAMOS HACER OTRA COSA!
¡ERA NECESARIO!
PODRÍAMOS APROVECHAR...
CHAC
ÑUC
...

¿DÓNDE ESTÁ SUÔ?
¡¿CREES QUE LO SÉ?!
¡SI SUPIERA DÓNDE ESTÁ ESA DONCELLA...!
¡¡...ESTARÍA DELEITÁNDOME EN SU COMPAÑÍA!!
...
PERO SI SUÔ ES UN HOMBRE...
¡LO HABÍA OLVIDADO...!
ZUM
¡¿CÓMO HAS PODIDO OLVIDARLO TAN RÁPIDO?!

¿LA DONCELLA...?
¿EH?
¡ES ELLA, MIS OJOS NO ME ENGAÑAN...!
¿ESTÁS INTENTANDO CONFUNDIRNOS?
¡¡Y MI PADRE!!
PA... ¡¡PADRE!!
¡¿SUÔ?!

ESTÁN RODEADOS, SERÁ MEJOR NO PRECIPITARSE.
¿OTRA VEZ TOMÁNDOTE TU TIEMPO?
NO ES QUE ME REGODEE EN ELLO...
...PERO DEBEMOS EVITAR DAR UN PASO EN FALSO.
¡PADREEEE!
!!
チャッ
CACHAC
...
¿SOLDADOS IMPERIALES...?
¡AH!

TAP
TAP
¡¡CHAKKI!!!!!
ZAM

TAP
ZAS
¡CHAKU-
RO...!

BAM
PTOM
¡DEJAD-
LO!
¡¡CHAKU-
RO...!!

VAYA, VAYA...
PERO SI ES EL PERSONAJE DE ALTA ALCURNIA...

TÚ... TÚ... ERES...
...EL HERMANO...
...DE LYCOS...

SE ACUMULAN...
...LOS ENCUENTROS INTERESANTES.

?!
¡¡¿Y ESA AURA...?!!

¡UAAAAH!
¡UAAAAH!
CLINC
ばっ
BAM

CHAC
BAM
CRAS
CLIN
TCHAC

はっし
CHAC
TAP

NO ESPERABA ENCONTRARTE AQUÍ...
...DAÍMONAS DE LA PHALLAINA.
CHILDREN OF THE WHALES 11 - FIN

Extractos de las crónicas imperiales 2

El control ejercido por los nous

Los nous se alimentan de las emociones y a cambio dotan a los humanos de un poder telequinético: la saimia. Los sirvientes de los nous receptivos a sus poderes se llaman "marcados"; los individuos impuros y no receptivos a ellos, "no marcados". A los no marcados se los utiliza principalmente como mano de obra esclava.

Ánthropos se alimenta continuamente de las emociones de los marcados que habitan en la isla principal del Imperio, si bien existe la posibilidad de hacer una ofrenda mayor visitando la matriz de Ánthropos y tocando una parte de su cuerpo para donar las emociones. Esta visita recibe el nombre de "peregrinaje".

El efecto que produce este vaciado puede ser diverso. En algunos casos se observa la supresión de la alegría, la cólera, el dolor, el placer y los afectos. En otros, la voluntad y el deseo quedan reducidos al nivel mínimo para conservar la vida. Pero, en resumen, los efectos varían según las personas.

Los soldados que ofrecen la mayor parte de sus emociones se llaman apathoia. Son la columna vertebral del ejército y, aunque ellos no sean capaces de apreciarlo, prestan un servicio muy honorable.

Extractos de las crónicas imperiales ③

El control ejercido por los nous ②

Hasta que se alcance la paz y la unión mundial, se hace necesario conservar un mínimo de emociones con objeto de neutralizar amenazas, acabar con focos de resistencia y expandir y afianzar el Imperio. Así pues, se admite, como un mal menor, que las clases altas conserven cierto grado de emociones.

Para evitar vaciarse por completo se ingiere la carne del nous Ánthropos, la sárka. Si se consume regularmente, se atenúa el efecto de los nous sobre las emociones, aunque, como contrapartida, la intensidad de la saimia decrece.

La sárka es limitada y su supervisión es estricta.

Las clases sociales y las posiciones con derecho a sárka están reguladas por ley. La élite demuestra su lealtad hacia el Imperio haciendo gala de un autocontrol sobre sus pasiones violentas. Que cumplan sus obligaciones sometiendo sus impulsos gracias a una férrea disciplina es tremendamente meritorio y digno de alabanza.

CHILDREN OF THE WHALES VOL. 11

KUJIRA NO KORA WA SAJYO NI UTAU VOL. 11

First published in Japan in 2017 by Akita Publishing Co., Ltd.
Publication rights for the Spanish edition arranged
with Akita Publishing Co., Ltd.
through Tuttle-Mori Agency, Inc., Tokyo.

PUBLICACIÓN DE MILKY WAY EDICIONES
EDIFICIO RIBADEDEVA 1 P02 D
33590 COLOMBRES
PRINCIPADO DE ASTURIAS
E-MAIL: INFO@MILKYWAYEDICIONES.COM

Traducción: Óscar Tejero (DARUMA Serveis Lingüístics, SL)
Corrección: Raúl Izquierdo

Director Editorial: Enrique Fuentevilla Noriega
Editor: Carlos E. Subero Ágreda

Depósito Legal: AS 01410-2019
ISBN: 978-84-17820-20-6
PRINTED IN E.U.

WWW.MILKYWAYEDICIONES.COM